4시에 멈춘 풀꽃시계

윤삼현 청소년 서사시

4시에 멈춘 풀꽃시계

윤삼현 청소년 서사시

서사시를 쓰며

4·19 서사동시를 쓰게 된 것은 오롯이 형에 대한 그리움 때문이었다. 1960년 4월 19일, 독재의 총탄에 형을 잃었다. 그 날 가족과 온 친척들, 온 마을이 충격과 비통에 잠겼다.

초등학생이던 나는 형의 죽음에 뚜렷이 다가갈 수 없었다. 어른들이 땅을 치며 울부짖는 걸 보고 막연한 슬픔이 피부에 스며드는 그런 느낌이었다. 그런 내게 변화가 왔다.

형의 죽음을 겪은 뒤 밥맛이 떨어졌다. 밥알이 씹히지 않았다. 찐득하고 비릿한 혈액의 냄새가 온몸을 훑고 지나갔다. 떨어져 버린 꽃잎 하나 가쁜 숨을 쉬다가 고개를 떨구는 장면이 자맥질처럼 눈앞에 되풀이되곤 했다.

꽃잎은 형이었다. 영영 이 세상에서 다시 만나볼 수 없는 형. 형은 이 세상을 떠나 또 다른 어떤 세계로 떠나갔을까? 형의 빈자리가 텅 빈 쓸쓸함으로 다가왔다.

그 느낌은 높은 벼랑에서 뚝 떨어지는 꿈을 꾸던 밤의 공포에 견줄 만큼 아찔했다. 두려움과 절망감이 터질 듯 부풀어 올라 어질 머리를 맛보게 했다.

이기붕 국회의장 관저 앞, 선두에서 형은 시위를 벌였다. 시위 물결은 금방이라도 경찰 방어선을 무너뜨리고 의장 관저를 덮칠 태세였다. 그리고 4월 19일 오후 4시 경, 형은 경찰이 발포한 총탄 네 발을 가슴에 맞았다. 병원으로 옮겨졌지만 숨을 거둔 뒤였다.

철쭉 핀 산언덕에 형의 유해는 묻혔지만 형은 마음속에 되살아났다. 자유와 민주의 세상이 찾아와야 하늘이 내린 인권을 누릴 수 있는 법이라고 하늘나라에서 형은 말했다.

살다 보면 때때로 거대한 회오리바람을 만난다. 그 바람이 몰고

온 엄청난 사건, 마음의 상처와 충격은 세월이 가도 달라지지 않는다.

꽃 피고 새가 노래하는 사월이 오면 더욱 그리워지는 형. 그날 형을 데려간 사월의 꽃바람은 가슴을 긋는 아픔이다. 그날 비극은 붉은 노을처럼 강렬한 기억으로 머물고 있다. 그러나 형의 죽음은 헛되지 않았다.

고귀한 피를 흘려 자유민주의 새 하늘을 활짝 열어놓은 형, 형의 용기 있는 삶과 생생한 기억이 시가 되었다.

형의 혼령이 내게 옮겨와 치열하게 그날을 증언하게 되었음을 밝힌다.

시쓴이 윤삼현

제2부

제1부

머릿시

형은 바람이다
역사의 바람이다
푸른 바람소리가 흐르는 대나무숲이다
형은 동화책이다
짧은 봄방학 때 동화책을 건네주고 훌쩍 서울로 떠나더니
예순 여섯 해가 지나도록
지금까지도 나타나지 않은 동화 같은 형이다
형은 진달래다, 붉은 철쭉이다
온 땅을 붉게 물들인 사월의 꽃이다
형은 대한민국 헌법 전문이다
'유구한 역사와 전통에 빛나는 우리 대한민국은 3 · 1운동으로 건
립된 대한민국 임시정부의 법통과 불의에 항거한 4 · 19 민주이념
을 계승하고…'

헌법 전문 속에서 미소 짓는 가슴 뜨거운 고등학생이다

또다시 형은 바람이다

온 하늘을 물들인 그리움의 바람이다

까만 교복을 입고 사진틀 속에서 여전히 웃고 있는

만나고 싶어도 만날 수 없는 빈자리다

그러나 역사 속에서 용기와 햇살로 성큼 다가오는

자유 민주의 꽃송이다

수유리 국립묘지에 잠들고 있는 형은 정의의 숨결이다

별빛 같은 맑은 시다

풀꽃시계
- 1959년 10월 중순

빈 들판을 키 작은 들풀이 채우고
솔밭 새 불어오는 바람이 이마를 깨웠다
소년은 들로 나가 염소 풀을 뜯긴다
내년이면 아기 염소 같은 일학년 동생들이 생긴다
1960년을 떠올리면 희망이 물살친다
툭 터진 들판을 향해 손나팔을 하고 외친다
새 해야 어서 와라!

문득 서울에서 공부하는 형이 그립다
신문배달 하면서 공부하는 형은 고교 2학년
진학반이 눈앞이라 공부에 속도를 더하고 있다
지난 방학 때 내려온 형이랑 봇둑에서
토끼풀 풀꽃시계 두 개를 만들어 손목에 동여맸다

－ 자유당이 떡 주무르듯 제 맘대로 정치를 하고 있지만
　반드시 자유 정의가 꽃피는 봄날이 꼭 올 거야
　이 풀꽃시계는 그 날을 불러내는 민주의 시계란다

마음 속 째깍째깍 돌아가는 풀꽃시계
풀꽃시계가 꿈틀 살아 반짝거렸다.

헤엄치는 연

- 1959년 11월 중순

소년은 뒷산 목사공 할아버지 묏등에서
또래들과 강아지처럼 뒹굴었다
시누대 숲에서 파란 바람이 불었다.
바람은 그리움을 숨기고 있다가 품을 열어
보고픈 얼굴을 문득 데려다 준다
저만치 산굽이 돌아 읍내 가는 길
한양 천리 길, 공부하러 간 형이 불쑥 떠오른다

앞산 하늘에 연 하나가 봉긋봉긋 춤을 춘다
누가 연을 띄웠을까?
하늘을 날고 싶은 간절함이 팽팽한 연줄에서 느껴진다
자유로이 날고픈 연의 몸짓이 출렁거린다
세상의 주인 연은 하늘을 헤엄치며 노닌다

연을 타고 소년은 북쪽 하늘로 날아간다
까까머리 형이 달려온다
환한 얼굴이, 반가운 숨결이, 든든한 손이.

가을비에 단풍은 젖고

– 1959년 11월 하순

비가 잦아 걱정스런 늦가을이다

추석날 마을을 할퀸 사라호* 악몽이 떠오른다

– 방죽이 터지려 하오. 모두들 피하시오

　태풍은 집을 무너뜨리고 논밭을 쑥대밭으로 만들었다

– 근심 걱정 눈덩이처럼 키우는 비바람 좀 막아주세요

　우리 큰 아들, 탈 없이 공부하게 도와주세요

　비나이다 비나이다

단풍이 비에 젖은 새벽 아침

엄마는 정화수를 떠 놓고 뒤란에서 빌고 빌었다

24

정치도 걱정, 큰 바람 큰 물도 걱정, 살림도 걱정
삽 들고 들 논에 나가는 상구네 아버지도
산밭에 고구마 캐러 가는 점희 엄마도
언제나 발 뻗고 사는 세상이 올까?

자유당은 자기들끼리만 자유롭다
야당 의원 윽박질러 대통령 직선제로 헌법 뜯어고친 뒤
자기 당 대통령 만들려고 국민의 숨통을 누른다
그리고 눈을 부라린다. 악어처럼.

＊사라호: 1959년 제 14호 태풍. 9월 17일 추석날 우리나라 남부지방을 휩쓸
고 지나감. 사상 최대의 위력을 지닌 태풍으로 기억됨, 사망 849명, 이재민
67만 명, 압도적 피해를 남겼다.

조병옥 박사

– 1959년 11월 26일

민주당 제4대 대통령 후보는 조병옥 박사다

조박사는 경무부장* 내무무장관을 지냈다

호랑이상 얼굴에 강한 인상을 풍기고

불의를 보면 참지 못하는 불도저 같은 정치인이다

1956년 5월 5일 호남선 기차 안에서
제3대 대통령 선거 운동 중 병환으로 세상을 뜬
나비 넥타이의 민주당 대통령 후보가 떠올라
이번만은 이번만은…
민주당 승리를 국민들은 손꼽아 기다린다

대통령 후보, 조병옥, 부통령 후보 장 면 박사
야당은 양심 있는 정치인들이 정권을 잡게 해달라고
국민을 우습게 보는 자유당 독재를 심판해 달라고
굳은 결의로 정 · 부통령 선거 준비에 들어갔다

— 기대가 돼. 이번에는 희망이 있어
형은 새벽바람을 가르며 새소식을 배달한다.

* 경무부장: 치안을 맡은 경찰의 우두머리 관직.

흰 것도 검은 것이라 우기는

– 1959년 11월 하순

자유당은 안 되는 것이 없다
흰 것도 검은 것이라 우기면 검은 것이 된다
툭하면 간첩으로 몰아넣고 정권에 반대하면 감옥행이다
바른말 하는 신문사도 죄를 씌워 강제로 문 닫게 만든다*
올곧은 소리와 국민의 목소리를 대신하는
잘못 꾸짖고 채찍질하는 언론의 역할을 몰라서일까?

형은 낡은 일기장에 울분을 토했다
– 국민의 눈과 귀가 되어준 신문사가 문을 닫았다
  독재 정권 반대 목소리를 낸다고 신문사 문을 닫게 하다니
  자유당은 못 하는 것이 없구나
  하늘이 벌할 일이다
  국민의 눈과 귀를 막는 야만인 정권

자유당은 권력의 맛에 취해

한 치도 양보할 생각이 없다

이승만 박사 내세워 벌써 세 번째 권력을 누리고 있다.

층층이 낙엽처럼

― 1959년 11월 늦가을

자유당 횡포로 피로감이 늘어간다
유월 달에 이승만, 이기붕 정·부통령 후보를 발표한 후
칠월에는 야당 당수를 간첩으로 몰아 사형시키고*
정부 비판자를 감시하며 불안과 공포로 몰아가고 있다
선량한 국민들 불만이 겹겹이 쌓여 간다
낙엽처럼 원망의 소리 층층이 쌓여 간다

― 한국의 자유 민주주의의 싹이 꺾이고 있어
친구들 모임에서 형이 울분을 토했다
― 자유당 마음 먹은대로 세상이 돌아가고 있어
― 혹시 다른 데서 자유당 비판 같은 거 하지 말아라
  소리 소문도 없이 잡혀갈 수 있다
하지만 형의 눈에서 불꽃이 튀고 있었다

올바른 정치는 민주주의의 꽃을 피운다
- 한국은 불법이 판을 치는 정치다
　　독버섯 정치를 불태울 정의의 불길이 일어나야 한다
형은 턱을 괴고 생각을 더한다.

* 조봉암 진보당 당수를 간첩으로 몰아 사형 시킴.

31

파란 꿈이 자란다

−1959년 12월 초순

싸락싸락 싸락눈 몰아치고 들판이 묻히고
소나무 숲이 후어어엉 후어어엉 울부짖었다
잠이 오지 않는 문풍지 우는 밤
참새들도 오종종 볏 지붕 안에서 칼바람을 피한다

아침에 손을 호호 불며 고샅길을 치운다
마을 앞 논보리는 눈의 무게를 견디며 꿋꿋이 자란다
눈덩이를 툭툭 털고 가지를 뻗은 소나무처럼
내년 봄 한 학년이 올라가는
소년의 꿈이 맹추위 속에 파릇파릇 자라고 있다

자유가 손에 잡히고 정의로운 이 땅에서
참주인이 되고 싶다, 마을 주민들
민주주의의 따뜻한 집에서 보호 받으며
걱정 없이 살아가고 싶다, 온 국민들
살얼음 깔린 냇물을 오르내리는 버들치처럼
모두의 파란 꿈이 꿈틀거리고 있는데.

성탄절 이브

− 1959년 12월 24일

성탄절 이브, 아기 예수 탄생 축하식이 열렸다

마을 꼬마들이 모여 기쁜 얼굴로

산타 할아버지가 건네는 과자를 받는다

돌아오는 길 소년의 발걸음이 가뿐하다

메리 크리스마스, 사슴 두 마리 썰매를 끄는

형이 보낸 성탄 카드를 오늘 받았기 때문이다

기분 좋은 일이 또 있다

며칠 후 쯤 하얀 눈이 떡가루처럼 내리는 날

서울에서 내려올 형을 만나는 일

형은 정치에도 관심이 많다

어느덧 턱 밑에 수염이 삐쭉삐쭉 나고

목소리도 굵어져 아버지처럼 의젓해져 간다

고향에 내려오면 집안일도 거뜬히 도와주는 형
기차로, 버스로 열 일곱 시간을 달려
땅끝 마을에 도착하는
바람 같은 형.

형이 건네준 동화책
– 1959년 12월 27일

마을 뒷길에서 딱지를 치고 있을 때
소년을 부르는 소리
어, 형이다!
와락 형의 품에 안기었다
따뜻하다, 부드럽다, 든든하다
형이 불쑥 손을 내밀었다
동화책이다
과자보다도, 밀개떡보다도, 딱지보다도 좋았다
펄쩍펄쩍 뛰었다
책을 좋아하는 소년은 동화책을 가슴에 보듬고
골목길을 내달린다
형이 사준 동화책이다, 봐라 봐라!
금방 날아갈 것 같다

아버지가 목포 출장 가서 사다 주신 털장갑
어머니가 십 리를 걸어 장날 사 오신 운동화
그것 만큼 반가운 동화책 표지를 보고 또 보고
책장을 넘기며 글자 냄새를 맡고 또 맡고
잠자리에 들어가 가슴패기에 꼬옥 품어 보고.

신문을 읽던 아버지

– 1959년 12월 하순

억누르면 꿈틀한다는 걸 왜 모를까?
부정선거를 차근차근 계획하고 꾸미는 당이 있다
장관이 전국 시, 도를 돌며 공무원친목회를 조직한단다
여든 다섯, 머리 허연 대통령에게 충성을 맹세케 하고
부정한 표 얻어 두고두고 집권하려는 당이 있다
올봄부터 연말까지 굵직한 도시 한 바퀴 돌기 60회
정 · 부통령 선거에서 자유당 후보 기필코 당선시켜야 한다고
반강제로 국민을 구슬리고 윽박지른다
– 국민 앞에 봉사하고 질서를 담당해야 할 내무부 장관이
    공무원을 선거판에 내몰다니
신문을 접은 아버지가 혀를 끌끌 차신다

그늘이 진 아버지와 눈길이 마주치자
소년도 불안해져서 툇마루에 나와 문바우를 바라본다
임진왜란 때, 한국전쟁 때 나라가 위태로워 눈물 흘렸다는
문바우 바위산이 한눈에 들어온다
소년은 문바우를 향해 나직히 고개를 숙였다.

주인과 일꾼 뒤바뀌다

– 1959년 12월 하순

모든 권력은 국민으로부터 나온다는 헌법을 뭉개고
국민을 소나 개처럼 부리며 주인행세 하는 자유당
야당의 입을 틀어막고 누르기를 밥 먹듯 하는 나라

부산 정치파동이 그렇다*
사사오입 개헌이 그렇다*
12·24 정치파 동이 그렇다*

40

이승만 박사가 네 번째 출마를 선언하고

제4대 대통령 선거, 제5대 부통령 선거가 다가오자

자유당은 어마어마한 부정선거를 꾸미는 중이다

국민들 눈과 귀를 막고

자유당 당원을 중심으로 중앙 공무원, 지방공무원에다

마을 이장까지 총동원하고 있다

고된 신문 배달을 마치고 자취방에 들어온 형

두 손에 핏줄이 와락 일어선다

- 하늘이 벌을 내릴 것이다, 자유당 벌 받게 될 것이다.

*1952년 5월 26일 부산에서 이승만을 대통령으로 만들고자 야당 의원을 감금해 대통령 직선제로 헌법을 바꿈.
*1954년 11월 28일 이승만 대통령 3선을 목적으로 임기 제한을 폐지하는 개헌 표결에서 사사오입(반올림) 이론을 내세워 하룻밤 사이 부결에서 가결로 바꿔버림.
*1958년 12월 24일 차기 정·부통령 선거에 대비하려고 무술경관을 동원 국가보안법, 지방자치법 등을 강제 통과시킴.

근엄한 대통령 할아버지

– 1959년 12월 연말

하얀 두루마기를 날리며 외할아버지가 오셨다
점잖게 긴 수염자락 쓰다듬으시는
서당에서 훈장님이라 불리우는 외할아버지

– 잡기장*사서 쓰거라
외할아버지가 손에 쥐어주신 100환짜리 동전
10환에 풀빵이 두 개니 풀빵이 스무 개
달콤한 비과 사탕이 예순 개나 된다

앞면은 이승만 대통령의 근엄한 표정
뒷면은 신비로운 봉황 두 마리
은백색 동전을 매만지다가 대통령께 속삭였다

－ 대통령 할아버지

　나라의 아버지 '국부'라 불리우시잖아요

　그런데 국민이 싫다는 독재를 왜 하시려고 그래요?

　왜 여당 편만 드시고 야당은 힘으로 억누르고 그러세요?

　온 국민의 편이 되면 안 되나요?

＊잡기장: 여러 가지를 적는 공책.

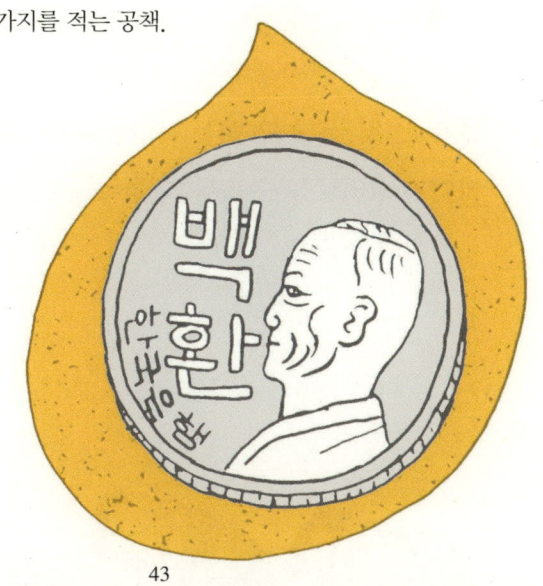

이기붕의 천하 호령

– 1959년 연말

큰 아들을 대통령 양아들로 입적시켜서
경무대로 보낸 이기붕 의장
이기붕 의장은 그렇게 지위를 단단히 다진다
이 대통령 유일한 후계자라며 자신만만했다
그렇게 천하를 호령한다

여든 중반에 들어선 나이 많은 대통령을 등에 업고
이기붕 의장은 못할 일이 없고 안 될 일도 없다
비위를 맞추고 알랑거리는 사람들이 줄을 선다
군수도, 서장도 아부하는 사람 자리에 앉히고
자기편 선거운동원이면 자리를 만들어 앉혔다

정부는 곰팡이 낀 빵처럼 병들어 간다

지난 제2대 부통령 선거에서 장 면 박사에게 밀린 이기붕 의장

1960년 부통령 선거는 반드시 승리하겠다고

온갖 부정선거를 짜내고 있다*

찌푸린 하늘 아래 1959년 돼지해가 끝나고 있었다.

*여든 여섯 살의 이 대통령이 혹 잘못되면 부통령이 직위를 이어받기에 자유당은 수단 방법을 가리지 않고 부통령을 당선시키려 했다.

새해 경자년 밝아오다

– 1960년 1월 초하루

1960년, 쥐띠 해가 밝았다
형의 풀꽃시계는 소리없이 잘 돌아가고 있다
민주로 가는 초침이 뱅글뱅글 돈다
자유로 가는 분침이 빙글빙글 돈다
인권의 시침이 머뭇없이 돌아간다
잉크 냄새 촉촉한 신문을 들여다 보던 형이 말한다
– 지혜로운 쥐띠 해, 나라가 꼭 바뀌어야 할 텐데

민주당은 '공명선거 촉진위원회'를 결의했다 *
민권수호 국민총연맹은 관권선거에 분함을 참지 못하고
독재정권과 맞서 싸우자고 외쳤다
민주사회당은 3월 선거에 반대하고
5월 선거 요청서를 대통령에게 제출하였다

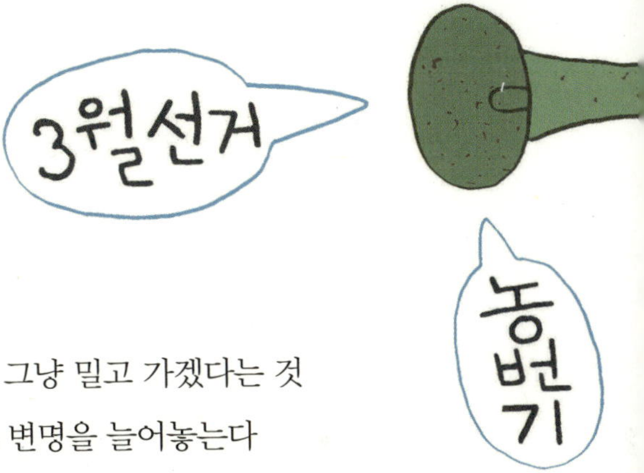

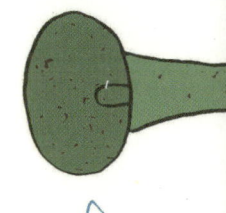

돌아온 대답은 3월 선거를 그냥 밀고 가겠다는 것
농민을 위한 조기선거라고 변명을 늘어놓는다
농번기가 6월 중순인 줄 뻔히 알고 있는 국민들
씨알도 안 먹힐 농번기 주장에 혀를 내두른다

– 안 속습니다요 안 속아요
형도 콧방귀를 뀐다.

*공명선거 : 공정하고 깨끗한 선거.

47

조병옥 박사 미국으로

– 1960년 1월 17일

민주당 후보 조병옥 박사가 돌연 병환이 도졌다
선거를 두 달 앞두고 웬 날벼락인가?
치료가 시급하다는 긴급 속보가 나돈다

신병 치료차 미국으로 떠날 수도 있다는 기사는
국민들 가슴을 쇠망치로 내리치는 충격이었다
제3대 선거 때 선거 며칠 앞두고 야당 대통령 후보를 잃은
뼈아픈 기억이 되살아났다

1월 29일
조 박사는 치료차 고국을 떠날 결심을 한다
태평양 건너 미국으로 떠나며 뼈아픈 말을 남겼다
– 조기 선거는 내 등 뒤에 총을 쏘는 격이다
얼마 후 그는 미국 육군 병원에서 수술을 받게 된다

－ 하늘도 무심하십니다

　　야당 대통령 후보가 낯선 이국 땅에서 치료받는 동안

　　자유당은 더 활개를 치고 독재의 칼을 휘두를 것입니다

　　민주주의는 바람 앞의 등잔불과 같습니다

형의 속이 까맣게 타들어 갔다.

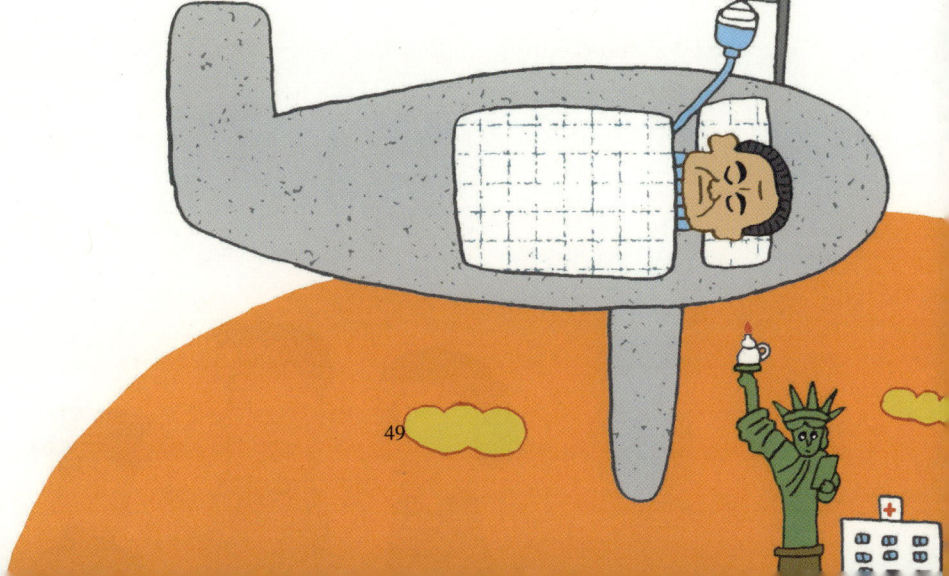

3월 15일 정·부통령선거 공표
– 1960년 2월 3일

조기선거를 야당은 비열한 짓 * 이라 공격했다
야당 후보가 급하게 치료차 미국에 갔으므로
선거를 연기해달라 하소연도 했다
언론도 이럴 수는 없다고 비난하고 꼬집었다
강한 반대에도 눈 하나 깜짝 않는 정부
독불장군 * 이라도 된다는 듯
2월 3일, 정· 부통령선거 날짜를 발표한다

선거가 늘상 5월에 있었던 것을 생각하면
3월 15일 선거는 한참 이른 선거다
봄이라고 하지만 찬 기운 머금은 바람이 쌀랑하다
5월이 농번기여서 3월로 앞당기겠다는 말도
이유가 안 되는 소리다

형은 묻고 싶다

– 그 까만 속내, 꿍꿍이 속 눈치 채지 못할 사람

　단 한 사람도 없다는 걸 모르신가요?

* 비열한 짓: 천하고 너절한 짓.
* 독불장군: 무슨 일이든 자기 생각대로 처리하는 사람.

아, 청천벽력
– 1960년 2월 15일

청천벽력 같은 소식!
조병옥 대통령 후보가 끝내 죽음을 맞았다
2월 15일 미국 월트 리드 육군병원에서 수술 중 사망했다는
하늘이 와르르 무너지는 소식에 온 나라가 요동친다
선거 불과 한 달 앞두고 후보를 잃고 말다니

가련다 떠나련다 해공 선생* 뒤를 따라
장면 박사 홀로 두고 조박사도 떠나갔다
가도 가도 끝이 없는 당선 길은 몇 굽이냐
자유당에 꽃이 피네 민주당에 비가 오네
세상을 원망하랴 자유당을 원망하랴
춘삼월 십 오일 조기 선거 웬 말인가
천리만리 타국땅에 박사 죽음 웬 말인가
설움 어린 신문 들고 백성들이 울고 있네*

이 나라 산과 들과 국민들과 마을 사람들이

그리고 형이 애절한 가요를 따라부르며

자유당 독재 누가 막느냐며 설움이 복받쳐 울고 있다.

*해공 선생: 제3대 민주당 대통령 후보 신익희 국회의장, 1956년 5월 선거
를 열흘 앞두고 호남선 열차 안에서 갑작스런 죽음을 맞음.
*'유정천리'라는 대중가요에 가사를 바꾼 노래로 삽시간에 전국에 퍼져나갔
다.

형은 다시 서울로

– 1960년 2월 24일

올해 고등학교 3학년

하루라도 빨리 올라가 공부에 힘을 쏟겠다는 형

온 가족이 버스 정류장에 나와 형을 배웅한다

아버지는 식량 짐을 챙기시고, 어머니는 눈물을 훔치시고

소년은 형 손을 와락 잡는다

– 여름방학 때 내려올 거지? 형한테 수영도 배우고 싶고

　전차, 기차 이야기, 서울 아이들 이야기 많이 듣고 싶어

– 알았어. 노력할게. 무엇보다 우리 집 꼬마가 젤 보고 싶을 테니

아버지가 정색을 하며 형에게 말한다

– 광현아, 시국이 어수선하고 불안쿠나. 혹 무슨 시위 같은 데는

　가지 말아라. 정치에 너무 관심 갖지 말고 공부에 정진하거라

– 걱정 마세요. 부모님

안심하라는 듯 형이 살짝 웃었다

산모퉁이 돌아나온 완행버스가 느릿느릿 멈춘다
– 잘 가, 형!
버스가 꽁무니를 보이며 떠나자 소년은 손을 흔든다
버스가 지워질 때까지.

55

배달 십계명

― 배달 십계명

형은 달린다. 골목을 누비고 달린다
국민의 알 권리를 신문이 책임진다
― 아침 조간이요
찬 바람이 얼굴과 손에 끈적하게 달라붙는다
입김 너머 배달 십계명을 되뇌인다

하나, 절대로 빼먹어선 안 된다
둘, 시간이 생명이다
셋, 아프지 않게 몸을 관리하자
넷, 휴가를 함부로 쓰지 말자
다섯, 계속되는 여러 날 모임은 참석 말자
여섯, 비에 젖어 찢어진 신문은 있을 수 없다
일곱, 구독자에게 고마운 마음 잊어선 안 된다
여덟, 길을 잃어버려선 안 된다
아홉, 피곤하다는 생각을 버리자
열, 변명은 통하지 않는다

새 시대를 기다리는 마음, 형의 발걸음은 다부지다
발걸음 따라 풀꽃시계도 째깍째깍 돌아가고 있다
민주의 꿈, 자유의 꿈을 띄워!

57

2 · 28 의거

– 1960년 2월 28일

1960년 2월 28일은 일요일
대구 학생들은 흥분되는 아침을 맞는다
민주당 부통령 후보 장면 박사의 유세가 예정되어 있다
자유당 부패를 들추어 낼 시원한 연설이 듣고프다

– 학생들은 학교에 등교해서 중간고사를 치룬다
– 우리학교는 영화관람이 있다. 극장 앞에 집결토록
– 토끼몰이가 예정되어 있다. 모두 교정에 집합해라
선거유세에 못 나가도록 학교마다 등교 지시를 내린다
무슨 일요일 등교냐며 학생들이 버럭 항의 시위를 벌였다
– 학도여 피가 있거든 신성한 권리를 서슴지 말고 외치자
학생들은 분노하여 거리로 뛰쳐나와 정의를 부르짖었다
불꽃처럼 일어나 민주주의를 외쳤다

– 이 자들은 전부 공산당이다

도지사가 엄포를 놓고 경찰이 출동해 학생들을 폭행했다

시민들이 몰려와 학생들을 응원했다

아주머니들은 치맛자락에 학생을 숨겨 주었다

자유당에 맞서 민주주의를 외친 최초의 시위다.

용기있는 눈빛
– 1960년 2월 하순

가교사*는 비가 새고 지붕 틈새 햇살이 빤히 비쳤다
바닥 틈새 연필이 굴러떨어져 마룻장 밑에 숨는다
한 아이가 좁다란 통풍구로 기어들어가 바닥을 헤집는다
한 아름의 연필, 지우개, 삼각자를 주워 왔다
어둠에 갇혔던 학용품들이 생명을 되찾는다
거미줄 뒤집어쓴 용감한 아이에게 우렁찬 박수를 보낸다

용기있는 사람이 많아져야 세상은 밝아진다
부정과 불의를 저지르는 어두운 세력
자유당 독재의 썩은 종기를 도려내야 한다
아버지는 대구 사건이 터진 후 신문을 바꾸셨다
여당지 신문은 자유당 찬양 기사로 도배를 했다
– 신문이 바른 소리를 못 내면 신문이 아니지

프라타너스 벤취에 앉아 형은 생각에 잠겼다
– 땅껍질을 뚫고 숨결을 터뜨리는 마그마처럼
다들 숨죽이고 있지만 곧 폭발하고 말 거다
용기만 있다면 일제히 터지는 법
3·1운동이, 광주학생운동이 그랬던 것처럼.

*가교사 : 임시로 지은 학교 건물.

61

제2부

2부를 열며

1960년 3월 초순을 맞았다.

선거가 보름 후로 바싹 다가왔다.

자유당 움직임이 바빠지고 수상해졌다. 무슨 회의다 모임이다 집회가 빈번해졌다. 마을 사람들이 떼지어 불려 다니는 시간이 잦다. 이런저런 이유로 주민들을 모임에 닦달하며 동원하고 있었다.

관청에서 나온 공무원은 이승만, 이기붕 자유당 후보가 당선되어야 대한민국을 발전시킬 수 있다고, 공산당으로부터 나라를 지킬 수 있다고, 이 지역에서 가장 많은 득표를 올려달라고 침을 튀겼다.

모임이 끝나면 술판이 벌어졌다. 주조장에서 막걸리가 배달오고 어떤 날은 고무신이 돌려졌다. 술 좋아하는 마을 사람들은 술에 취하기 일쑤였다. 노래를 흥얼거리며 골목길을 비틀거리며 걸었다. 고무신을 옆구리에 차고 천하를 얻는 것처럼 기분을 냈다.

소년이 보기에도 나라는 비틀거리는 것 같고 정상이 아니었다. 끼니도 못 때우는 빈곤한 나라가 도깨비에 홀리듯 선거철에는 마구 흥청거렸다.

대학 진학반에 오른 형은 신문 배달을 하면서 입시 공부에 힘을

쏟고 있었다. 형은 '정치경제' 수업시간에 '대한민국은 민주공화국이
다', '대한민국의 주권은 국민에게 있고, 모든 권력은 국민으로부터
나온다.' 헌법 1조, 2조를 배웠다. '국민이 주권을 가지고 있고 모든
사람의 이익을 위해 정치가 이루어져야 한다.' 이 원리는 민주사회에
서 맨 앞에 세울 가치였다. 민주국가라면 의심 없는 기본 중에 기본
이었다.

그런데 왜 민주주의 원칙이 흔들리고 있는 것일까? 국민이 주인이
되지 못하고 자유당이 주인이 되어 설치는 걸까? 야당을 억누르고
입도 뻥긋 못하게 탄압하는 나라가 계속될까? 민주공화국이란 말을
할 수 있을까?

정치는 어둠 속에 빠지고 있고 잘못된 길을 걷고 있다. 형의 분노
와 고민은 깊어갔다.

이장 댁 홍보회
– 1960년 3월 초순

– 3월이 왔어도 은근히 춥구나
　어쩔거나 쯧쯧, 연탄불은 꺼뜨리지 않았는지
　아르바이튼가 뭔가 한다고 신문 배달에 나서더니만
　이 추운 날 귓불은 얼어붙지나 않았는지
　손은 꽁꽁 얼지나 않았는지
　어머니는 형 걱정으로 주름살 펼 시간이 없다

빨래를 널면서도 걱정
천지신명께 기도 올리면서도 걱정
두 손 모아 빌고 또 빈다

지방의회 의원이신 아버지는 면사무소 회의 나가시더니
불편한 표정으로 돌아오신다

– 도대체 선거를 왜 이른 봄에 한다는 건지
　아직 콧날이 매운 계절이구만
　정부시책 홍보회를 가진다고?
　나라 살림은 휘청거리고
　국민의 마음은 자유당을 떠나고 있는데 뭘 잘 해서…

67

논두렁 손 보는 아버지
- 1960년 3월 초순

아버지는 이른 아침 삽 들고 논으로 나가신다
눈 녹아 졸졸졸 흐르는 개울물은
겨울이 남긴 땟자국을 씻어내며 흐른다

사각형 논으로 쉼없이 물이 차오른다
아버지는 논두렁을 거닐며
패인 논둑을 다지고 혹여 있을 쥐구멍을 찾는다
헛되이 물이 빠져나가지 않게
찬찬히 논두렁 돌며 삽질 하신다
물못자리 어린 모를 심어 가꾸려고
써레질할 준비를 미리미리 해두려고
논둑을 고치고 다듬으신다

어린 모들이 뿌리를 튼튼히 내려
질컹한 흙 속에 뿌리를 박아야 한다
한 해 보람찬 농사가 거기서부터 시작이다

마땅히 민주주의도 그 싹이 잘 자라도록
거름 주고 가꾸고 복돋워야 한다
뿌리를 깊이 뻗고 기둥이 굵은 나무로 길러야 한다
민주주의가 든든히 자라 국민을 지켜줄 것이다.

진달래 붉은 산천

온 산에 진달래가 가득하다
보리밭 사잇길 지나 앞산으로 아이들이 몰려간다
보드라운 바람이 들판을 쓰다듬는다
가슴 한껏 열고 우루루 진달래 맞으러 나간다

봄비는 얼었던 땅을 적시고
개울물을 요만큼씩 더 불리고
불어난 개울물은 고기 떼를 불리어
물풀 새 고기 떼가 헤엄질에 한창이다
들뜬 고기 떼가 된 아이들이 앞산을 껴안는다
보릿고개 허기진 아이들의 마른 입술 적셔주는
꽃 냄새, 꽃향기가 물결친다
한 아름 품어 안은 봄 선물
꽃숲에 빠진 발목이 빠져 나올 줄을 모른다

70

– 정·부통령 선거가 코 앞입니다
  흐드러지게 핀 고향 진달래처럼
  민주주의가 꽃 피는 3월 15일이 되었으면 합니다
형의 편지를 아버지는 또 한번 읽어보신다.

정·부통령 선거일
1960년 3월15일

나라의 건강을 걱정하다

– 1960년 3월 중순

진달래 소식에 봄볕이 열린다
농사철이 다가온다
누렁이 암소가 기지개를 켜는 날
헛간에 세워둔 쟁기의 보습날*이 반짝인다

앞 내 물소리가 목소리를 키운다
땅이 기지개를 켠다
누나들이 여린 봄 쑥을 캐러 나간다
홍매화 꽃잎이 우물가를 물들인다

봄날 풍경은 변함이 없지만

나라는 쿨룩쿨룩 기침하고 허리가 쑤신다

자유당 독재정치에 국민이 신음하고 있다

수업시간 형은 공부가 머리에 들어오지 않는다

민주정치를 배웠지만 세상은 엉터리 민주정치다.

* 보습 날 : 쟁기의 술바닥에 끼워 땅을 갈아 흙덩이를 부수는데 쓰는 삽 모
양의 반들한 쇳조각.

73

마침내 3월 15일

– 1960년 3월 15일

자유당이 벼르던 그 날이 왔다
나라와 겨레의 어버이신 이 박사를 또다시 대통령으로
민주주의 벗 이기붕 선생을 새 부통령으로
구호도 그럴싸한 자유당 술수가 총동원되는 날

4할 사전투표* 투표 전 미리 4할이 자유당 표로 채워졌다
3인조, 5인조* 공개투표가 노골적으로 저질러진다

'자유당' 완장의 덩치 좋은 요원들이 투표장에 배치되어
자유당을 찍도록 억누르는 분위기로 몰고간다
야당 참관인을 시비를 걸어 폭행하고 쫓아낸다
시계를 조작하여 종료가 됐다고 투표장에서 몰아낸다

아랫 마을 까막눈 할머니가 말하기를
— 이렇게 찍었소. 어쩐가 보시오
투표지를 보여주면 자유당 참관인이 고개를 끄덕이고
선거 종사원이 눈짓으로 투표함을 가리킨다
자유당, 선거사무원이 한 통속이다
— 계획대로 되고 있어. 승리는 불 보듯 뻔해
　정 · 부통령 모두 자유당! 자유당 세상이 되는 거여

＊4할 사전 투표: 미리 투표용지에 자유당을 찍은 40%를 투표함에 채워둠.
＊3인조, 5인조 공개투표: 글을 모르는 투표자를 이끌어준다는 명분으로 셋,
다섯 명씩 조를 짜서 조장이 자유당 후보를 찍었는지 확인함.

투표함 바꿔치기
– 1960년 3월 15일

– 전기가 나갔다!
정전 소동을 일으켜 날쌔게 투표함 바꿔치기
– 투표 끝났습니다. 돌아들 가세요.
마감 시간이 남아있는데도
투표자를 내쫓고 그 틈에 투표함 바꿔치기
투표함마다 가짜 투표지로 묵직하다
가짜 투표함이 둔갑하여 주인행세를 한다

선거의 주인인 유권자의 투표함은 사라지고
가짜 투표함이 의기양양 개표장으로 옮겨진다
손바닥으로 하늘이 가려질까
하늘이 내려다보고 있는 것을

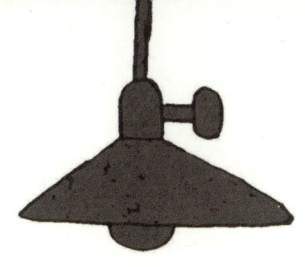

투표함 열어 표를 까보니 입이 떡 벌어진다
이기붕 후보의 표가 100% 가까이 쏟아진다
당황한 내무부 장관이 득표수를 줄여 발표한다
대통령 후보 이승만 박사는 89%
부통령 후보 이기붕 선생은 79%를 득표하며
계획대로 대통령과 부통령에 당선되었다 *

* 이승만 박사는 네 번째 대통령에 당선되었고, 이기붕 의장은 첫 부통령에
당선되었다.

4·19 혁명의 시발점

– 1960년 3월 15일

자유당 부정 선거 맨 앞에는 경찰이 뛰었다
완장부대와 주먹패가 야당을 위협했다
유권자를 구슬리고 달래며 부정한 수법을 죄다 동원했다
눈 뜨고 볼 수 없는 부정선거!
선거가 끝나기 전 오후 4시 30분 민주당은 발표한다
– 3·15 선거는 불법이고 무효다

78

마산시 민주당은 오후 3시 30분 시위에 나선다
수건을 동여맨 학생, 시민이 천 오백 명이 넘었다
당황한 경찰이 발포하여 학생이 쓰러졌다
자유당은 민주당 탓, 빨갱이 짓으로 몰아 세운다
저녁이 되자 만 여명의 시위대로 불었다
경찰은 야당 멱살을 끌고 가고 시위대 해산을 요구한다
경찰이 곤봉으로 학생들을 힘껏 패는 바람에
성난 시위대들이 커다란 파도처럼 나아갔다
경찰과 반공청년단이 무자비하게 총과 곤봉으로 진압했다*

부통령 당선자 이기붕 후보가 기자회견에서 말한다
– 총은 쏘라고 주었지 갖고 놀라고 준 것이 아니야
– 국민을 지키라고 세금으로 구입한 총으로 국민을 쏘라고?
기사를 읽은 형이 분노에 떨었다. 몸서리를 쳤다.

* 이 진압으로 사망 9명, 부상자 80명이 발생한다.

민주주의는 죽었다

- 1960년 3월 15일

3월 15일 12시 45분 광주광역시 금남로
정당한 투표권을 빼앗긴 시민들이 민주주의 장례식을 치른다
- 자유당이 낚아채 간 우리 표 내 놓아라
- 이승만 정권은 부정선거 책임져라
3·15 부정선거에 저항하는 최초 시위였다

'민주주의 죽음을 통곡하노라' 구호를 내걸고
시민들은 상여를 메고 거리 행진을 했다
- 한국의 민주주의가 짓밟혔다
민주당원들이 선두에 서고 시민들이 따른다
'아이고! 민주주의 죽었네' 울부짖는 목소리가 메아리쳤다
1,200여 명의 대열은 전라남도 경찰국을 향했다

– 부정선거 다시하라! 자유당 정권 물러가라!
곡소리로 거리는 울음 바다로 변했다
한 시간 후 검은 제복의 무장경찰관이 몰려왔다
그들은 닥치는대로 시민들을 두들겨 팼다
민주당 당원과 시민들을 향해 총을 쏘았다
YMCA 앞은 붉은 피로 물들었다.

* 장송: 주검을 장지로 보냄.

김주열 학생 실종

– 1960년 3월 15일

마산 시민들이 봇물처럼 터져나온 당일 오후
곤봉을 휘두른 경찰에게 마구잡이로 폭행 당하자
분노한 3,000여 시민들이 자유당 당사의 자산동에 모여
거센 시위를 벌였다

이 날 시위에 나간 김주열 학생이 돌아오지 않는다
형만 돌아오고 동생은 깜깜 무소식이다
김주열은 하루 전 마산의 고등학교에 합격했다
차분하고, 책임감 강하고 영웅전을 즐겨 읽던 소년
어찌 된 영문일까?

형이 찾아 나서고 이모할머니가 찾아 나섰다
남원에서 달려온 어머니 권찬주 여사도 찾아나선다
– 주열아 어디 있느냐? 대답 좀 해 봐라!
마산 앞바다 물결만 무심히 출렁인다

– 학생이 실종 됐다니
  아, 민주주의는 멀고도 멀구나
솟아오르는 분노가 형의 가슴을 덮친다.

부르르 떠는 마산 앞바다

— 1960년 4월 10일

경찰 발포와 폭행으로 희생자가 잇달은다
마산 앞바다는 분노의 파도로 일렁인다
시민에게 총을 겨눈 경찰, 어느 나라 경찰인가?
총을 쥐어준 자유당, 어느 나라 정권인가?

민주주의가 짓밟힌 억울함에 온 도시가 끓어오른다
김주열 학생이 오리무중이어서 또 끓어오른다
음모가 있을 거야, 꿍꿍이 속이 있을 거야
밤이고 낮이고 아들을 찾는 애절한 어머니 목소리
가슴이 미어진다

열 일곱 소년 주열이는 어디 있는가?
주열 학생을 경찰이 도청 앞 저수지에 버렸다는 소문에
마산 시민과 잠수부가 물을 퍼냈지만 발견되지 않는다
이제 '김주열' 이름 석자를 모르는 사람이 없다
김주열은 민주 운동의 대명사가 되었다
발이 닳도록 구석구석 훑던 권 여사는
터벅터벅 남원으로 돌아갔다.

85

간절한 염원, 하늘을 움직였다

- 1960년 4월 11일

마산 중앙부두 앞 바다에 싸늘한 주검이 떠올랐다
4월 11일 바다 위로 떠오른 이는 김주열이었다
이럴 수가…눈에 박힌 최루탄
눈 뜨고는 볼 수 없는 처참한 주검이었다

- 주열아, 주열아, 어디 있냐?
캄캄한 바닷속에서 어머니의 목소리를 들었다
고요한 바닷속에서 주열의 몸이 꿈틀거렸다
- 여기 있어요, 어머니! 곧 만나요. 놀라시면 안 되요
물살을 헤치며 주열은 한금 한금 물 위로 떠오른다
마침내 돌멩이를 끊고 27일 만에 수면 위로 떠올랐다

시민들이 도립병원으로 달려갔다
- 어쩌면 이렇게?
시민들은 발을 동동 굴리며 경악을 금치 못한다
짐승 같은 만행에 부르르 떨며 뛰쳐나왔다

－ 살인범 잡아내라, 부정선거 다시 하라

－ 어머니의 심정을 잘 알 것 같습니다
저희가 주열의 못다 한 한을 꼭 갚아드리겠어요
형은 다짐하고 또 다짐한다.

아들의 죽음을 헛되게 하지 말아 달라

- 1960년 4월 11일

민주주의는 죽지 않는다

주열은 머리를 꼿꼿이 들고 주먹을 불끈 쥔 채 떠올랐다

정의가 승리한다는 법칙을 알리려고 물 밖에 솟아 나왔다

– 아들의 죽음을 헛되게 하지 말아 주세요

　내 비통한 마음 금할 수 없으나

　아까운 생명을 바침으로써 지키려 했던 민주 정신

　아들의 고귀한 넋이 헛되지 않도록

　내일의 새로운 나라를 세우고 온전한 자유가 물결치는

　새 나라 민주 국가를 뒷받침하는 씨앗이 될 수 있기를

　이 나라의 한 어머니로서 간절히 소망합니다

슬픔 속에서 꺼낸 어머니의 말씀

자유 민주를 갈망하는 국민의 가슴에 메아리쳤다

신문 사회면에서 참혹한 얼굴의 김주열을 만난 형

– 네 죽음 헛되지 않게 우리도 나설게. 함께 싸울게

열 아홉 고교생 형의 눈매가 빛난다

정의로운 눈빛이 직사광선처럼 뻗어 나온다.

제2차 마산 시위
−1960년 4월 11일

김주열의 주검이 발견되자 마산시는 뇌성처럼 폭발했다
2차 시위는 더욱 격렬하고 드셌다

김주열이 옮겨진 도립병원에 몰려든 시민들
약속이나 하듯 시위에 나섰다
3만 여명, 성난 군중은 입을 맞춰 구호를 외쳤다
− 김주열 주검을 내놓아라
− 살인 선거 물리치자
자유당 건물과 여당 정치인 집을 부수었다
서장 관용차를 불 지른 후 경찰서 무기고를 부수었다

밤 9시 30분, 경찰 발포가 개시되었다
시위대는 아랑곳하지 않고 저항했다
자유당 당사와 여당지 신문 지사를 부수었다

– 민주정치 바로잡자, 공명선거 다시 하라
거센 항의의 물결이 시내를 휩쓸고 나갔다
소용돌이치는 수천의 군중의 물결이었다
총탄이 날고 소방차가 물을 뿜어도 굴하지 않았다.

폭풍 전야 4월 18일

– 1960년 4월 18일

온 나라가 화산 폭발 직전, 뒤숭숭한 4월 18일
– 마산 사건의 책임자를 즉각 처단하라
국회 앞까지 진출한 대학생들이 연좌농성*을 벌였다

학생 3천여 명이 국회의사당 앞에 연좌시위를 한 후
학교로 돌아오는 길에 시민들도 섞여 있었다
해가 저문 어둠을 틈타 괴한들이 들이닥쳤다
정치깡패들은 닥치는대로 흉기를 휘둘렀다
정치깡패 난동으로 대학생들이 맥없이 고꾸라졌다

이 소식은 시민과 학생들의 분노를 부추겼다
거대한 군중이 뛰쳐나와 시위를 벌이는 빌미가 되었다
곳곳에서 한바탕 지진을 예고하고 있었다

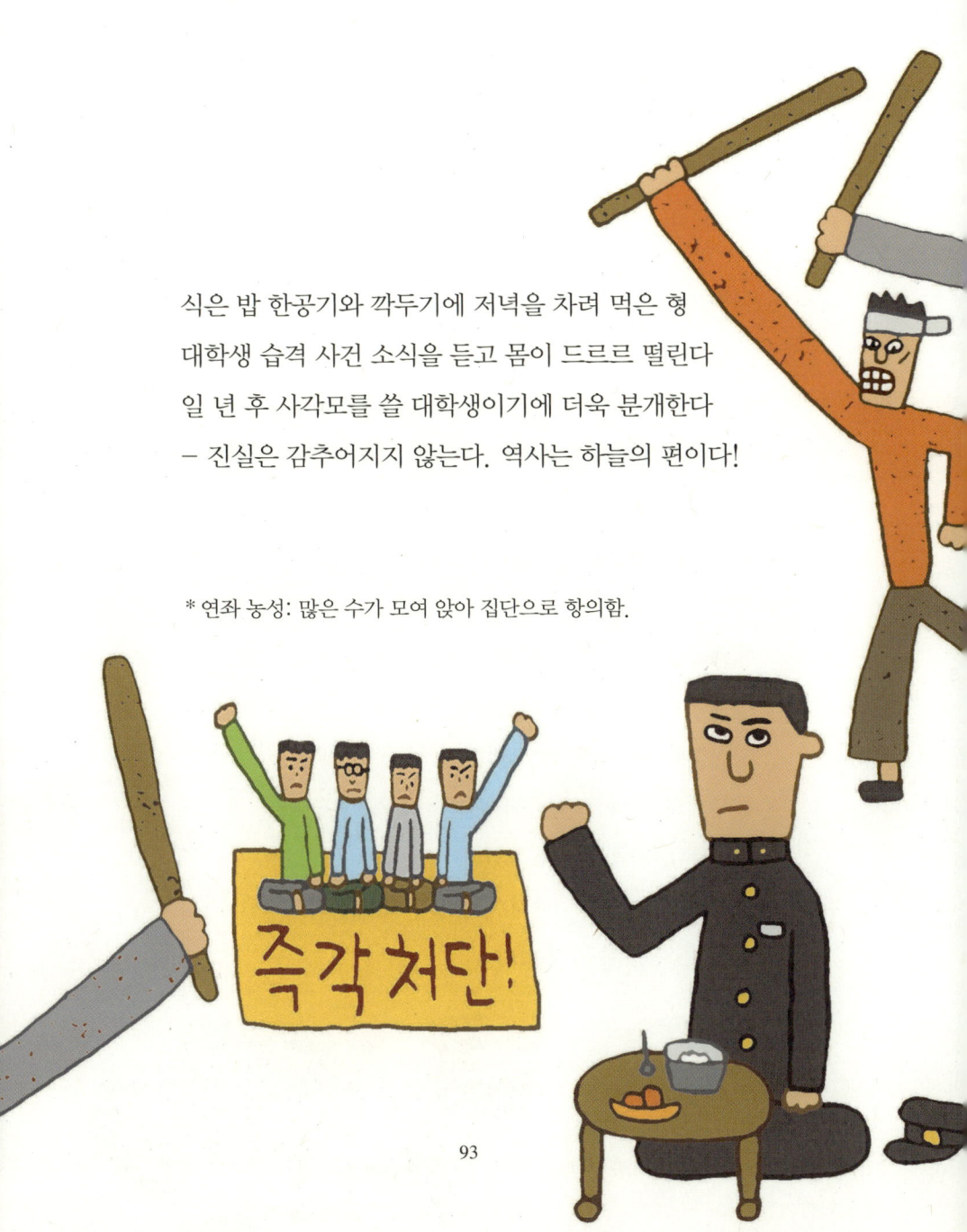

식은 밥 한공기와 깍두기에 저녁을 차려 먹은 형
대학생 습격 사건 소식을 듣고 몸이 드르르 떨린다
일 년 후 사각모를 쓸 대학생이기에 더욱 분개한다
– 진실은 감추어지지 않는다. 역사는 하늘의 편이다!

* 연좌 농성: 많은 수가 모여 앉아 집단으로 항의함.

즉각 처단!

피의 화요일

− 1960년 4월 19일

일찍부터 국회의사당 앞에 모인 학생들
선언문을 낭독하고 경무대 방향으로 행진을 벌인다
'부정선거 다시하라' '학원의 자유'를 외쳤던
학생들 평화적 구호가 경찰 폭력 앞에 사뭇 달라졌다
− 1인 독재 물러가라, 이승만은 권력을 내려놓고 물러나라
종전 구호를 깨뜨린 새로운 외침이었다

애국가를 부르며 내달리는 거침없는 학생들
독재를 거꾸러트리려는 10만 시위대
성난 파도가 삼킬 듯 거리를 넘실대고 있다
경무대로 나아가려는 학생들과 막으려는 경찰
경찰의 1차 저지선이 뚫렸다
학생, 시민은 최후 저지선인 경무대를 향해 달려나갔다
경찰 총구가 불을 뿜었다

피 묻은 태극기를 흔들며 분노한 시민들은 나아갔다
출동한 소방차를 빼앗아 경찰을 향해 나아갔다
무차별 사격으로 곳곳에서 학생들이 꽃잎처럼 쓰러졌다*
끔찍한 화요일이었다.

* 이 날 전국에서 186명이 사망했고, 6,026명이 부상했다.

오빠 언니 뒤를 따르렵니다

– 1960년 4월 19일

눈이 맑은 그 남자 어린이는 초등학교 6학년이었다
4월 19일 수업을 마치고 집으로 돌아가는 길
콩 볶듯 터져 나오는 총소리에
책가방 내려놓고 시위대에게 박수 치던 그는
아스팔트 위에 힘없이 쓰러졌다
3대 독자는 병원에서 숨을 거두고 만다
초등학생 첫 희생자였다

단정히 단발머리 한 그 여학생은 여중 2학년이었다
4월 19일 미아리고개에서 머리에 총상을 입고
병원으로 옮겨졌으나 숨을 거두었다
그 날 오후 4시 시위에 나가며 남긴 여학생의 유서는
어머니에게 쓴 한 통의 편지였다

– 시간이 없는 관계로 어머님 뵙지 못하고 떠납니다
　모든 학생들은 민주주의를 위하여 피를 흘렸습니다
　저 또한 독재정권과 싸우다 죽어도 원이 없습니다
　어머니 비통하시겠지만 이 나라 자유를 위하여 기뻐해 주세요
　부디 몸 건강하시길.

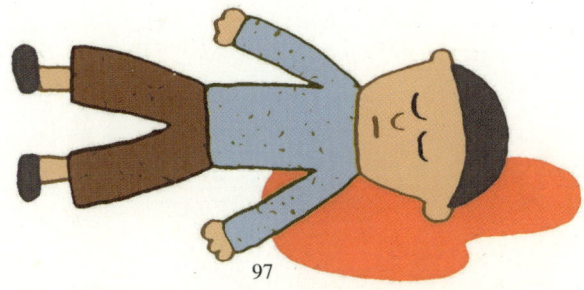

나는 알아요
― 1960년 4월 19일

초등학교 4학년 여자 어린이는
4·19 혁명 추모시를 낭독하며 울먹였다

아 슬퍼요
아침 하늘이 밝아 오면은
달음박질 소리가 들려옵니다
저녁놀이 사라질 때면
탕탕탕탕 총소리가 들려옵니다
아침 하늘과 저녁놀은
오빠와 언니들의 피로 물들었어요

오빠와 언니들은
책가방을 안고서
왜 총에 맞았나요

도둑질을 했나요
강도질을 했나요
무슨 나쁜 짓을 했기에
점심도 안 먹고
저녁도 안 먹고
말없이 쓰러졌나요
자꾸만 자꾸만
눈물이 납니다

잊을 수 없는 4월 19일
학교 파하고 돌아오는 길에
총알은 날아오고
피는 길을 덮는데
외로이 남은 책가방
무겁기도 하더군요

4학년 어린 소녀는
분노의 목소리로 울부짖었다
애끓는 목소리로 슬픔을 말했다
카랑카랑한 목소리로 독재를 따져 물었다

나는 알아요 우리는 알아요
오빠 언니들이 왜 피를 흘렸는지
민주를 지키다 쓰러진 의로운 죽음을 외쳤다

오빠 언니 뒤를 따르겠다고
화산 같은 가슴으로 다짐하고 다짐했다.

오후 네 시

– 1960년 4월 19일

임시휴교령이 내려진 4월 19일 형은 자취방을 뛰쳐나와
시청 앞으로 달려나갔다
거리는 함성소리가 하늘을 찌르고 시위대와 경찰 사이
밀고 밀리는 대결은 전쟁터였다
누군가 외쳤다
– 부정 선거의 원흉 이기붕 자택으로 함께 밀고 들어갑시다
– 맞소. 서대문으로 달려갑시다
시위대와 형은 덕수궁 돌담길을 지나 정동 사거리 맞은 편
서대문 국회의장 집으로 향했다
– 이 의장은 사퇴하라.
– 즉시 나와 사과하고 부정선거 다시 하라

손나팔 구호 소리는 끊임없이 이어졌다

성난 파도는 용틀임하듯 꿈틀꿈틀 나아갔다

민주주의를 외치는 형의 온몸은 가마솥처럼 끓고 있었다

이기붕이 나와 사과할 때까지 시위는 계속될 기미였다

서대문 일대는 사람들의 바다를 이루었다

거리도, 골목도, 옥상도, 산언덕도.

붉게 물든 풀꽃시계

– 1960년 4월 19일

서대문 국회의장 자택 앞

오후 3시를 넘기자 대학생 천 여명이 달려와 합세했다

선두에 선 형과 흥분한 학생들이 저지선을 밀어붙였다

– 바리케이트가 무너졌다!

– 와!

시위대가 황소처럼 들이닥쳤다

의장 자택에 5미터까지 다가섰다

시위대는 의장 집을 겹겹이 에워쌌다

애국가를 부르고 태극기를 휘둘렀다

위험수위를 넘어섰다고 판단한 경찰이 오후 4시 경

일제사격을 퍼붓기 시작했다

– 탕! 탕탕탕!

시위대 맨 앞의 형이 쿡 쓰러졌다
네 발의 총탄이 박힌 형,
아까운 꽃잎이 고개를 떨구었다
붉은 피가 아스팔트를 물들였다
붉은 피는 가슴에 품은 형의 풀꽃시계를 물들였다
형의 민주의 시계바늘이 뚝 멈추었다.

민주 시계는 돌아가야 해요
− 1960년 4월 19일

형은 꿈을 꾸듯 지난 시간을 되돌아보았다
시위대 앞머리에서 주먹을 불끈 쥐고 외쳤어
− 이기붕 의장은 나와서 사과하라!
− 3 · 15 부정선거 다시 하라!
경찰은 소방차 물을 뿌리며 막아섰지
민중의 힘은 놀라웠어
성난 파도처럼 악의 소굴 의장 자택으로 나아갔지
총부리를 겨누는데도 두려워하지 않았지
도도한 물결처럼 앞으로 앞으로
우렁찬 발소리는 지축 * 을 뒤흔들고도 남았어

똑똑히 보고 있었어, 공포탄이 실탄으로 바뀌는 것을
맨주먹이지만 두렵지 않았어
− 우리는 정의의 사자다. 폭력에 굴하지 않는다
총을 겨눈 늑대들이 노려보고 있고 긴장이 팽팽했어
계엄령이 내려진 오후 4시, 이윽고 총구에서 불을 뿜었지

불끈 쥔 주먹은 흔들리지 않았어
– 자유당 물러가라, 이기붕 물러가라!

– 형 꿈에서 깨어 일어나요. 형이 손목에 걸며 그토록
　바랐던 민주의 꽃시계는 멈추지 않고 돌아가야 하잖아요
– 내 죽어 피 흘린 값으로 민주주의를 지키련다. 내 죽음이
　민주주의의 첫걸음이 되도록.

* 지축: 지구의 중심 축.

가슴에 묻은 자식

– 1960년 4월 22일

하얀 상자에 안겨 형이 마을 동구에 들어서던 날
검은 액자 속에서 형은 웃고 있었다
동화책 대신 사월의 용기를 선물로 내밀었다
슬픔을 먹고 살아난 형은 한 송이 붉은 철쭉이었다
꽃잎 하나가 마침내 활화산으로 번져
온 땅과 하늘을 뒤흔들어
민주의 함성 메아리치게 했구나

– 오매 내 새끼, 네가 상자 속에 누워있다니 뭔 말이다냐?
왜 여기 이러고 있다냐, 왜 깊디 깊은 잠을 자고 있다냐?
눈에 넣어도 아프지 않을 내 자식, 말좀 해보렴
누가 너를 이렇게 만들었다냐
어떤 망나니 같은 사람들이 세상에 꽃도 피어보지 못한
네 젊은 목숨을 이렇게 데려 갔다냐?
내 아들, 광현아, 말좀 해 봐라
이 어미 품에 안겨 보아라

어머니는 땅을 치며 우셨다
자식을 가슴에 묻었기 때문이다.

학생의 피에 보답하라

- 1960년 4월 25일

슬프고 슬프다, 민주 제단에 피를 뿌린 제자들
서울, 부산, 대구, 광주, 마산, 대전에서
이 나라 꽃송이들이 뚝뚝 떨어져 나갔구나

- 정부는 값진 학생의 피에 보답하여야 한다
  정권을 내려놓고 대통령은 하야*하여야 한다
  자유당은 온갖 부정선거 잘못을 시인하고
  애국 학생, 시민에게 총탄을 발사한 책임을 묻는다
  자유 민주주의 헌법 가치를 무시한 부도덕함을 묻는다
  민주주의를 짓밟고 파괴한 죄악을 사과하라
  이 강산을 피로 물들인 죄에 대해서 엄히 묻는다

4월 25일, 대학 교수분들이 거리로 나섰다

– 3 · 15 선거는 불법이다 무효다

– 3 · 15 부정선거 및 4 · 19 사태의 책임을 지고 대통령은

물러나라

– 끌고 간 학생들, 갇혀있는 학생들 무조건 풀어보내라

시민들이 우레와 같은 박수로 호응했다.

* 하야: 정치를 그만 두고 평민으로 돌아감.

독재 무너지다

– 1960년 4월 26일

마침내 초등학교 학생들도 시위 대열에 나섰다
– 부모 형제 가슴에 총부리를 대지 마세요
세종로를 행진하는 어린 시위대의 목청은 기운차고 절박했다
정의는 승리하는 법
4월 26일 오전 10시 30분, 이승만 박사는 하야를 발표한다
– 국민들이 원한다면 대통령직을 사임하겠습네다
하얀 입김을 뿜어 새역사를 창조한 사월의 꽃바람
이 땅의 얼룩진 가슴을 구석구석 씻고 지나간다
지하에 묻힌 형이 또랑한 눈으로 말한다
– 말했지 않냐? 민주의 도도한 강물을 누가 막을 수 있겠냐?
  12년 독재의 성벽이 무너지고 있질 않냐?

– 많은 부정이 있었다 하니 선거를 다시 하도록 지시하였고
  모든 거짓과 악행을 없애기 위해서 이기붕 의장을
  공직에서 완전히 물러가도록 결정 했습네다
성난 물결 앞에 대통령은 무릎을 꿇었다

이 대통령은 국회에 사임서를 제출하고 이화장으로 떠났다
그리고 5월 29일 멀고 먼 하와이 망명길*에 올랐다
머리 허연 독재자의 마지막 길은 한없이 쓸쓸했다.

*망명: 정치나 사상, 종교 등의 이유로 큰 잘못을 범했거나 탄압을 받는 사람이 다른 나라로 떠남.

책 끝에

형은 수유리 4 · 19 국립묘지 제1묘역 91번에 계신다.

해마다 봄이 오면, 4월 19일이 오면 어김없이 어머니는 수유리에 가신다. 가슴에 묻은 큰 아들 만나러 가신다.

정문을 지나 학생혁명 기념탑에 참배하시고 제1 묘역으로 향하신다.

묘역에 잠들어 있는 형은 변함이 없다. 학생모를 쓴 고등학생 그대로다.

빙그시 웃으며 형은 어머니를 맞는다.

어머니는 묘를 쓰다듬고 사진을 쓰다듬고 슬픔을 다해 꺼이꺼이 우신다. 벌써 예순 해 째이다.

— 이번이 살아 생전 널 찾아오는 마지막이 될지도 모르겠다. 에미도 많이 늙어버렸구나. 광현아. 내 아들 광현아! 장하다 내 아들아!

나는 울지 않기로 했다.

형이 피 흘리고 싸워서 얻은 값진 자유 민주의 가치를 온 국민이 누리고 있기 때문이다. 독재에 굴하지 않은 영령들 덕분에 다들 평화를 누리고 있다. 자유 민주 시대를 감사하며 살고 있다. 뿌듯하다.

- 현아. 방학 때였지. 너 1학년 무렵 봇둑에서 풀꽃 시계를 만들어 너랑 함께 손목에 찼는데 그 민주 시계 잘 돌아가고 있지?

- 걱정 마. 잠깐 멈춘 적이 있지만 잘 돌아가고 있어. 형이 용감히 독재와 불의와 싸워준 덕택이야. 고마워!

하늘나라에서 형은 자나 깨나 나라의 안녕을 지켜보고 있다.

대한민국! 어떻게 세운 나라인가 역사 시간에 배워 잘 알고 있다.

이 땅에 국민이 주인되는 자유 민주주의가 강물처럼 흐르기를 소망한다.

형처럼 맑은 눈으로 깨어 있을 것을 다짐하며.

아침마중 청소년시 001

4시에 멈춘 풀꽃시계

초판 1쇄 발행 · 2025년 10월 15일

시쓴이 · 윤삼현
그린이 · 김천정
펴낸이 · 박옥주

펴낸곳 · 도서출판 아침마중
등록일 · 2011년 11월 22일
주 소 · (우)01446 서울특별시 도봉구 도봉로 109길 78
전 화 · 02-995-0071~3, 02-995-1177
팩 스 · 02-904-0071
이메일 · adongmun@naver.com/ joo415@hanmail.net
홈페이지 · www.adongmun.co.kr
편집디자인 · 아동문예

ISBN 979-11-86867-78-5   03810
가격 15,000원